MW01436789

Contes
de la rue Broca
et de la Folie Méricourt

ISBN : 978-2-246-54641-2
ISSN : 1281-6698

Copyright 1997, Editions Grasset et Fasquelle.

Les images de cet album sont extraites
de la série télévisée d'animation :
Contes de la rue Broca et de la Folie Méricourt

Création graphique : Claude Lapointe

Réalisation : Alain Jaspard/Claude Allix.

Direction artistique : Odile Limousin.
Coproduction : FIT PRODUCTION, Millimages, Téléimages,
France 3 et Canal J.

Pierre Gripari

Contes de la Folie Méricourt

LA SORCIÈRE ET LE COMMISSAIRE ET AUTRES CONTES

GRASSET-JEUNESSE
Lampe de poche

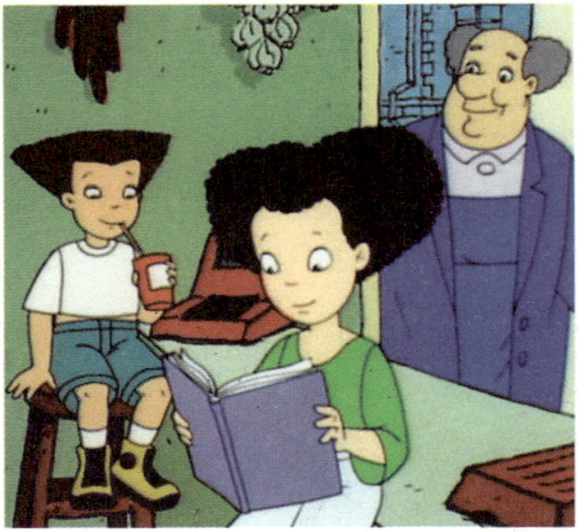

La sorcière et le commissaire

J'habite une rue tout plein jolie, et cette rue est toute pleine de boutiques. Dans chacune de ces boutiques on excerce un métier. Ce qui fait que ma rue est toute pleine de jolis métiers.

*Il y a un boulanger
qui fait des boules pour les gens âgés.
Il y a un tripier
qui fait des tripes et des pieds.
Il y a un tailleur de pierre
qui fait des costumes en pierre.
Il y a un restaurant
qui restaure les vieux monuments.
Il y a un chausseur
pour ceux qui veulent se faire chausser.
Il y a un coiffeur
pour ceux qui veulent se faire coiffer.
Il y a un fourreur
pour ceux qui veulent se faire fourrer.
Il y a un pharmacien
pour ceux qui veulent se faire masser.
Il y a un accordeur de pianos
qui empêche les pianos de se dire des gros mots.
Il y a un charcutier qui charcute,
un boucher qui bouche,
un plombier qui plombe,
des pompiers qui pompent.*

*Il y a une fermière qui ferme,
une ouvreuse qui ouvre.
Il y a un maire et deux octogénaires,
Il y a trois ménagères et quatre camemberts,
Il y a enfin UNE SORCIÈRE !*

La sorcière, on n'a pas su tout de suite qu'elle était sorcière. On a cru, tout d'abord, que c'était une vieille dame comme les autres, un peu plus mal coiffée peut-être, mal habillée aussi, mais ce n'est pas un crime, avec des cheveux dans les yeux, une dent sur le devant, une bosse par-derrière, et une goutte au bout du nez, qui ne voulait jamais tomber.

Elle habitait une petite maison avec un petit jardin autour et des grilles donnant sur la rue. Et puis voilà qu'un jour un taxi a disparu, un taxi tout bleu avec un chauffeur russe. On a cherché partout, mais on n'a retrouvé ni l'homme, ni la voiture. Mais le lendemain matin tout le monde a vu derrière les grilles, dans le jardin de la sorcière, une belle citrouille toute bleue, et tout près d'elle un gros rat rouge, assis sur son derrière, avec une belle casquette, bien coquette, posée sur sa tête.

Alors il y a des gens qui ont fait des réflexions. Deux jours après, c'est une couturière qui a disparu : une couturière comme au bon vieux temps, qui travaillait à domicile, reprisant les chaussettes, recousant les boutons, faisant même des robes neuves quand on lui fournissait le tissu. Et voilà qu'elle a disparu !

Cette fois, on l'a cherchée pendant toute une semaine. Et puis, la semaine passée, on s'est aperçu que la sorcière avait depuis peu une araignée mauve, qui lui tissait des rideaux sur ses fenêtres, de beaux rideaux brodés. Et puis, le dimanche suivant, la sorcière est allée à la messe avec une belle robe, tissée de frais, en toile d'araignée...

11

Cette fois, les gens ont bavardé.

Et puis, le mois suivant, ce sont trois personnes qui ont disparu : un agent de police, une femme de ménage et un employé du métro. On a fouillé toutes les maisons, visité toutes les caves, inspecté les égouts, et l'on n'a rien trouvé du tout. Mais, dans le jardin de la sorcière, il y avait trois animaux nouveaux : un chien vert, une chatte jaune et une taupe orange, et celle-ci ne cessait de creuser des galeries.

Alors les gens de mon quartier se sont mis en colère. Ils ont pris la sorcière et l'ont menée chez le commissaire. Et le commissaire lui a demandé :

— Sorcière, sorcière, qu'as-tu dans ton jardin ?

— Dans mon jardin ? a dit la sorcière. Je n'ai rien d'extraordinaire !

J'ai du persil
et des radis.
J'ai des carottes
et de l'échalote.
J'ai des fleurs,
des choux-fleurs
et des pois de senteur...

— Sorcière, a dit le commissaire, je ne te parle pas de ton persil ni de tes radis, de tes carottes ni de ton échalote, je te parle de ta citrouille bleue !

— Ah ! c'est de ma citrouille que vous voulez parler ! Eh bien, il fallait le dire ! C'est un taxi que j'ai transformé...

— Et pourquoi l'as-tu transformé en citrouille, ce taxi ?

— Parce qu'une citrouille, c'est beau, c'est rond, ça se coupe en tranches, ça se met dans la soupe et ça sent bon. Parce qu'une citrouille, ça ne fait pas de bruit ni de fumée,

ça n'encombre pas la chaussée, ça ne consomme pas d'essence et ça n'écrase pas les gens...
— Et le chauffeur, sorcière, qu'en as-tu fait ?
— Le chauffeur, j'en ai fait un rat !
— Et pourquoi ?
— Pour qu'il soit plus heureux, bien sûr !
— Et qui te l'a permis ?
— Personne, mais s'il est plus heureux...
— La question n'est pas là ! Heureux ou pas heureux, les chauffeurs doivent rester chauffeurs et les taxis, taxis !
— Oh ! Pourquoi ?
— C'est comme ça ! Mais ce n'est pas tout, sorcière : qu'as-tu dans ta maison ?
— Dans ma maison ? a dit la sorcière. Je n'ai rien que de très ordinaire !

*J'ai d'abord une porte
pour qu'on entre et qu'on sorte,
et par-devant un paillasson
pour s'essuyer les ripatons.
J'ai un grand lit pour y dormir,
j'ai une table pour écrire,
j'ai une chaise pour m'asseoir,
quatre fenêtres pour y voir...*

— Justement, les fenêtres ! a dit le commissaire.

Elles ont des rideaux, tes fenêtres !
— Oui, a dit la sorcière.
— Et ces rideaux, qui les a faits ?
— C'est ma fidèle araignée mauve. C'est elle aussi qui a fait la robe que vous me voyez… N'est-elle pas jolie ?
— La question n'est pas là ! Cette araignée, c'est une couturière à domicile que tu as transformée. Est-ce vrai ?

— C'est vrai, mais ça ne change rien ! Elle est toujours couturière à domicile !
— Je ne veux pas le savoir ! Tu n'en avais pas le droit !
— Oh ! Pourquoi ?
— Mais ce n'est pas tout encore ! Et tes animaux ?

— Je n'ai pas non plus le droit d'avoir des animaux ?
— Seulement s'ils sont nés animaux et si tu paies beaucoup d'impôts !
— Alors, mes animaux à moi...
— Tes animaux ne sont pas vrais ! Ton chien vert, c'est un flic !
— Eh bien ? Est-ce qu'il n'est pas chic ?
— Ce n'est pas la question ! Ta chatte jaune est une femme de ménage...
— Eh bien ? Est-ce qu'elle n'est pas sage ?
— Cela n'a rien à voir ! Et ta taupe orange, c'est un employé du métro !
— Eh bien ? Est-ce qu'il n'est pas beau ?
— Aucun rapport ! Tu vas me faire le plaisir de remettre tous ces gens et le taxi dans l'état où ils étaient ! Quant à toi, tu iras en prison, pour t'apprendre à laisser les choses comme elles sont !
— Zut alors ! a dit la sorcière.
Mais il n'y avait rien à faire.
Elle a retransformé la citrouille en automobile.
Mais, comme le rat l'avait rongée, la carrosserie était trouée.
Elle a refait du rat rouge un chauffeur. Mais le chauffeur n'était pas content, parce qu'il ne pouvait plus manger sa voiture, et il prétendait que rouler ne lui rapportait pas assez.

Après cela il a fallu que la sorcière change de nouveau l'araignée mauve pour en refaire une couturière. Mais aussitôt celle-ci s'est mise à pleurnicher, disant qu'elle aimait mieux tisser des rideaux et des robes, plutôt que de rapetasser de vieilles nippes. De plus il lui fallait se remettre à gagner sa vie, alors que, chez la sorcière, il lui suffisait de manger deux ou trois mouches par jour.

Enfin la sorcière a refait du chien vert un agent de police, de la chatte jaune une femme de ménage et de la taupe orange un employé du métro.

Mais l'agent de police était triste : il avait fait, tout récemment, la connaissance d'une petite chienne qui sentait bon, bon, bon... Il voulait se marier avec elle, mais en agent de police, ce n'était plus possible !

Et la femme de ménage a sangloté en portugais, criant qu'elle préférait de beaucoup faire sa toilette et se lécher toute la journée, plutôt que de passer l'aspirateur et de vider des cendriers dans des appartements qui n'étaient pas à elle !

Quant à l'employé du métro, il est resté chômeur, car pendant son absence on l'avait remplacé par une machine électronique. Alors il s'est mis à boire et à boire, à nous raconter son histoire depuis le dimanche matin jusqu'au samedi soir, et il assomme tout le monde en répétant cent fois par jour tous les tours qu'il a faits sous terre dans le jardin de la sorcière.

Ainsi personne n'était content. Et la sorcière, cependant, la sorcière était prisonnière.

Pour l'empêcher de s'ennuyer, on a voulu la faire travailler.

On lui a fait tresser des paniers. Mais dans ses doigts les brins d'osier se transformaient en bananiers.

On lui a fait faire des espadrilles. Mais avec la ficelle, au lieu de former des semelles, elle fabriquait des serpents qui sifflaient en montrant les dents.

On lui a fait broder des serviettes. Mais à peine brodées, les serviettes se transformaient en forêts vertes, en prairies, en lacs, en étangs, avec des poissons qui nageaient, avec des hérons qui pêchaient, et des bœufs qui buvaient dedans.

Alors tout le monde a compris qu'il n'y avait rien à tirer de la sorcière, et on l'a laissée sans rien faire.

Et elle s'est ennuyée, ennuyée !

Et les gens de ma rue, eux aussi, se sont ennuyés !

Dans une rue où les rats sont des rats, où les chiens ne sont que des chiens, où les chats ne

sont rien d'autre que des chats et où les taupes, quand il y en a, n'ont jamais été de leur vie autre chose que des taupes ; dans une rue où les citrouilles, nées citrouilles, vivront toute leur vie de citrouille et mourront dans leur peau de citrouille, dans une rue pareille, on ne s'amuse guère !
Alors, moi, j'ai décidé de délivrer la sorcière.
J'ai commencé par faire une belle lettre au Président de la République. J'ai pris une feuille de papier, mon plus beau stylographe, ma plus belle orthographe, et j'ai écrit ceci :

Messieu le Présidan
Je m'appelle Messieu Pierre
Libérez la sorcière
Et je serai contan !

C'était clair, c'était net, et c'était poli... J'ai envoyé cette lettre et puis j'ai attendu, attendu. Mais le Président n'a pas répondu.
Alors j'ai eu l'idée de fonder un Parti politique. J'ai rassemblé tous mes amis dans un café. Je leur ai payé à boire, sans quoi ils se seraient sauvés, et nous avons fondé ensemble le M.L.S., c'est-à-dire le Mouvement pour la Libération des Sorcières.

Nous avons élu un bureau,
nous avons écrit aux journaux,
nous avons fait des réunions,
adopté des résolutions.
Nous avons eu des discussions
et voté des tas de motions.
Nous avons collé des affiches
(Et pourtant nous n'étions pas riches !)
et publié des comptes rendus
que personne n'a jamais lus...

Enfin je me suis présenté aux élections législatives et, grâce à une propagande inlassable, j'ai récolté 0,1 pour cent des voix. Pour un début ce n'était pas mal... Mais pour faire libérer la sorcière, c'était nettement insuffisant. Alors j'ai dissous le Mouvement, et décidé d'agir clandestinement.

J'ai fait d'abord un gros gâteau, à l'intérieur duquel j'ai dissimulé vingt centimètres de fil à coudre et une dizaine d'allumettes. Avec cela, et à l'aide de ses formules magiques, la sorcière pouvait se confectionner, le plus facilement du monde, une échelle de corde...

Mais les gardiens étaient malins : ils ont coupé le gâteau, ils ont pris le fil pour coudre leurs boutons et les allumettes pour allumer leurs pipes.

Alors j'ai fait un deuxième gâteau, sous lequel j'ai collé deux petites plumes de mon oreiller. Avec ces plumes, ce n'était qu'un jeu pour la sorcière de se faire une paire d'ailes et de s'envoler par la fenêtre...

Mais les gardiens étaient futés : ils ont pris le gâteau, puis ils l'ont retourné. Ils ont enlevé les plumes et les ont mises à leur chapeau pour sortir le dimanche. La sorcière a mangé le gâteau, elle m'a même écrit pour me dire

merci et qu'il était très bon, mais elle est restée en prison !
Alors j'ai pensé, repensé, et cette fois j'ai trouvé : j'ai envoyé à la sorcière un simple morceau de gruyère.
Les gardiens l'ont examiné, considéré, tourné, retourné, pesé, soupesé, sondé, scruté, miré, flairé, coupé en long, en large et en travers – et pour finir ils l'ont passé à la sorcière.

La sorcière, elle, a tout de suite compris ce qu'il fallait en faire.

Elle a pris un des trous du gruyère et l'a collé au mur – et ça faisait un trou au mur.

Puis elle a repris un autre trou et l'a mis sur la porte – et ça faisait un trou à la porte.

Entre le trou du mur et le trou de la porte, un petit zéphyr s'est mis à souffler. La sorcière n'avait plus qu'à réciter une vieille formule qui lui venait de sa grand-mère pour se changer en courant d'air. Et c'est ainsi qu'elle s'est enfuie...

On ne l'a pas recherchée, pour une bonne raison : c'est que les gardiens de la prison étaient tellement honteux de l'avoir laissée partir qu'ils ont préféré ne rien dire !

C'est comme ça que la sorcière nous est revenue.

Elle habite à nouveau dans ma rue.
Des tas de gens ont disparu,
mais on sait qu'ils sont très heureux
et nul ne s'inquiète pour eux !
Elle a pris la crémière
pour en faire une vache laitière.
Elle a pris le cordonnier
pour en faire un marronnier.

*Elle a pris le facteur
pour en faire un congélateur.
Elle a pris un boueux
pour en faire un piano à queue.
Elle a pris un clochard
pour en faire un placard.
Un beau jour elle me prendra
pour faire de moi ce qu'elle voudra !*

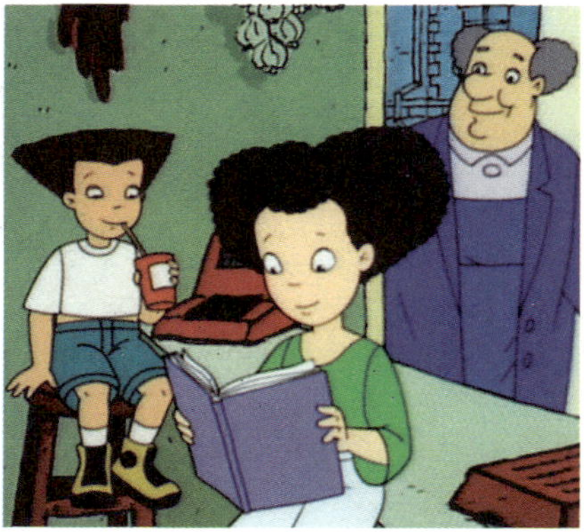

Le juste et l'injuste

Il était une fois deux mendiants, qui n'avaient pour tout bien qu'un morceau de pain chacun. Le premier était juste et le deuxième injuste. Tout en marchant sur la grande route, ils discutaient entre eux :

— La justice, disait l'un, ne nourrit pas son homme !

— Peut-être, disait l'autre, mais il vaut mieux être juste.

— L'injustice roule carrosse, et la justice marche pieds nus !

— Sans doute, mais il vaut quand même mieux être juste !

Au bout d'une heure de cette discussion, l'injustice perd patience :

— Oh ! Et puis tu m'agaces, à la fin ! Ecoute : nous allons demander l'avis des trois premières personnes que nous rencontrerons. Si une seule dit comme toi qu'il vaut mieux être juste, je te donne mon pain. Mais si toutes les trois disent comme moi qu'il vaut mieux être injuste, tu me donnes le tien. D'accord ?

— D'accord, répond le juste.

Ils marchent, ils marchent, et ils rencontrent un paysan :

— Dis-moi donc, paysan, vaut-il mieux être juste ou injuste ?

Le paysan répond sans hésiter :
— Il vaut mieux être injuste. Si ce n'est pas toi qui roules ton voisin, c'est lui qui te roulera !
— Tu entends ? dit l'injuste. Cela fait un !
— Mais cela ne fait qu'un, répond le juste.
Ils marchent, ils marchent encore, et ils rencontrent un moine :
— Dis-moi, mon frère, vaut-il mieux être juste ou injuste ?
— Hélas, mes frères ! répond le moine en soupirant. La justice est la plus belle chose du monde, car elle vient de Dieu... Mais sur cette terre, il faut l'avouer, mieux vaut être injuste que juste !

30

31

— Tu entends ? dit l'injuste. Cela fait deux !
— Mais cela ne fait que deux...
Ils marchent, ils marchent toujours, et ils rencontrent un marchand tout habillé de noir. Il est bizarre, ce marchand : ses oreilles sont pointues et velues, ses souliers sont fendus et il a, par-derrière, une petite queue qui dépasse de son pantalon... Mais nos deux mendiants n'y font pas attention :
— Dites-moi, mon bon Monsieur, vaut-il mieux être juste ou injuste ?
— Juste ? répond le marchand en relevant les sourcils. Qu'est-ce que cela veut dire ? Je ne connais que la mort qui soit juste ! Ce qui vit ne peut vivre que dans l'injustice.
Et le diable s'en va. Car, bien sûr, c'était le diable.
— Tu as perdu, dit l'injuste. Donne-moi ton pain.
— Le voici, répond le juste. Je reconnais que j'ai perdu, mais quand même je pense toujours qu'il vaut mieux être juste.
En entendant ces mots, l'injuste hausse les épaules :
— Tiens, tu es trop bête ! J'aime mieux ne pas te répondre !
Ils continuent leur route, cette fois sans dire

un mot. Quand vient l'heure de midi, ils s'arrêtent, ils s'asseyent sous un arbre, et l'injuste commence à manger.

— J'ai faim, dit le juste.

Son compagnon se met à rire :

— C'est à moi que tu dis ça ? Tu sais pourtant que je suis injuste !

— J'ai faim, répète le juste. Donne-moi une bouchée de pain. Une seule.

— Pour une bouchée de pain, je te crève l'œil gauche !

Le juste réfléchit un peu :

— Tant pis, j'accepte. J'ai trop faim.

Alors l'injuste tire de sa poche un couteau bien pointu, et il crève l'œil gauche de son camarade. Puis il lui donne une bouchée de pain.

Leur repas terminé, les deux mendiants se lèvent et ils marchent encore, en silence. A la tombée du jour, ils s'arrêtent de nouveau, et l'injuste commence à manger le second morceau de pain.

— J'ai faim, dit le juste.

— Vraiment, tu as faim ? répond l'injuste avec un gros rire.

— Oui, j'ai très faim.

— Pour une bouchée de pain, je te crève l'œil droit !

— Mais alors, je n'y verrai plus du tout !
— C'est à prendre ou à laisser...
Le juste réfléchit :
— Au moins, quand je serai devenu aveugle, tu ne m'abandonneras pas ?
— Bien sûr que non !
— Tu ne me laisseras pas tomber ?
— Mais non !
— Tu resteras toujours avec moi ?
— Bien sûr que oui !
— Tu me guideras ?
— Mais oui !
— Alors j'accepte.
Alors son compagnon prend son couteau pointu et lui crève l'autre œil. Après cela, il remet son couteau dans sa poche, mais, au lieu de lui donner la bouchée de pain promise, il se lève doucement et s'éloigne sur la route.
— Hé là ! Où vas-tu donc ? crie le juste.
— Je m'en vais.
— Attends-moi !
— Non, je ne t'attends pas !
— Mais tu as promis de ne pas me laisser !
— J'ai promis, oui, mais je n'ai pas envie de tenir ma promesse. Est-ce que tu ne sais pas que je suis injuste ?
Et l'injuste s'en va.

Cette fois, le juste est désespéré :

— C'est lui qui a raison, pense-t-il. J'ai eu confiance en la justice, et la justice m'a rendu aveugle. Eh bien, puisque c'est comme cela, je vais vendre mon âme au diable !

Il se relève, il marche, et il rencontre un paysan :

— Dis-moi donc, camarade, sais-tu où je peux trouver le diable ?

— Rien de plus facile ! répond le paysan. Prends ce chemin-ci, qui mène à la forêt. Marche toujours tout droit, jusqu'à ce que tu entendes une source. Près de cette source il y a un grand arbre. Couche-toi sous cet arbre et surtout ne bouge plus. C'est l'Arbre de l'Enfer. Chaque nuit, les démons viennent s'y percher pour tenir leur conseil.

Le juste dit merci, prend le chemin et va tout droit, tout droit. A peine entré dans la forêt, il entend la source. Il s'approche, la canne en avant, rencontre le gros arbre, se couche au pied du tronc et ne bouge plus.

A minuit, en effet, on entend un bruit d'ailes. Ce sont les diables qui viennent, de tous les points de l'horizon, pour se percher dans la ramure. Quand ils sont tous présents, l'un d'eux, qui est leur chef, prend la parole :

— Camarades, dit-il, la séance est ouverte. Nous allons commencer, si vous le voulez bien, par vérifier l'accomplissement des tâches que je vous ai distribuées la nuit dernière.

Et il les interroge, l'un après l'autre :

— Toi ! Qu'est-ce que tu as fait ?

— Moi, j'ai tenté un tel.

— C'est bien ! Et toi ?

— Moi, j'ai perdu l'âme d'une telle.

— C'est encore mieux ! Et toi ?
— Moi, dit un jeune démon, j'ai rendu aveugle la fille du roi !
— C'est idiot ! dit le diable en chef. Est-ce que tu ne sais pas, camarade, que l'eau de cette source guérit les aveugles ?
— Moi, je le sais, oui, mais le roi ne le sait pas...
— Tout se sait, à la longue ! Si tu veux devenir un vrai diable, il faudra voir à te débrouiller autrement que ça ! Tâche de faire mieux demain !
— J'essaierai, camarade...
— Et toi, là-bas, qu'est-ce que tu as fait aujourd'hui ?
Cette fois, c'est une voix bien connue qui répond doucement !
— Moi, camarade, en me promenant, j'ai tenté deux mendiants qui discutaient du juste et de l'injuste. Je me suis déguisé en marchand, ils sont venus à moi, m'ont demandé mon avis, et je leur ai si bien répondu qu'avant la fin du jour l'un des deux a crevé les yeux de son compagnon avant de l'abandonner sur le bord de la route...
— Excellent ! dit le diable en chef, tout réjoui. Vous entendez ça, camarades ? Voilà comme il faut travailler !

Le juste, pendant ce temps, reste immobile. Il écoute, il retient son souffle, il n'ose même pas s'endormir, de peur de se mettre à ronfler, et d'ailleurs ce qu'il entend l'intéresse bien trop !

Pendant tout le reste de la nuit, les démons continuent de discuter, rendre compte de leurs actions, se critiquent les uns les autres, se distribuent les tâches pour la journée qui vient… Enfin le jour point, le coq chante, et ils s'envolent, comme ils sont venus, dans toutes les directions.

Sitôt qu'ils sont partis, le juste se relève, se dirige vers la source et boit une gorgée d'eau. Au même instant ses yeux se rouvrent et il voit clair, comme avant. Alors il sort sa gourde, la remplit d'eau miraculeuse, puis il se met en route et gagne la capitale.
Le matin même il va se présenter au palais :
— Qu'est-ce que tu veux ? demande la sentinelle.
— Je veux voir le roi.
— Pourquoi ?
— Je peux guérir sa fille et lui rendre la vue.
On le conduit au roi :
— Qu'est-ce que tu veux, mendiant ?
— Je veux guérir ta fille, Ta Majesté.
— Et si tu la guéris, que demandes-tu comme récompense ?
— Si je la guéris, je veux l'épouser, Ta Majesté.
Le roi regarde le mendiant : il est beau et costaud, jeune encore. Malgré ses vieux habits, il n'a pas l'air si bête...
— D'accord, dit-il. Si tu la guéris, tu l'épouses. Mais si tu n'arrives pas à la guérir, je te coupe la tête !
— D'accord, Ta Majesté !
On fait venir la princesse et, devant toute la

cour, le mendiant lui fait boire une gorgée de sa gourde. Aussitôt ses yeux s'ouvrent, elle voit clair, comme avant. Alors elle saute au cou du juste et l'embrasse si fort, si fort, que dans toute la ville on entend le bruit du baiser ! Après cela, bien sûr, il ne reste plus qu'une chose à faire : les marier le plus vite possible !

Quelques heures plus tard, en sortant de l'église, sa jeune épouse au bras, notre mendiant devenu prince aperçoit, dans la foule, son ancien compagnon, le mendiant injuste. Vite, il ordonne à deux soldats d'aller le lui chercher. Amené devant lui, l'autre le reconnaît, il tombe à genoux :

— J'ai péché contre toi ! Pardonne-moi !

— Relève-toi, dit le juste, et ne crains rien. Tu as péché contre moi, c'est possible, mais tu ne m'as fait aucun mal, au contraire ! Et je te dois encore des remerciements !

Il l'invite à sa table et, pendant que l'injuste mange, il lui raconte les événements de la nuit passée. Après quoi il le congédie avec une bourse pleine d'or, en lui disant :

— Tu vois bien qu'après tout il vaut mieux être juste !

Mais l'injuste est furieux :

— Comment ! pense-t-il. Ce nigaud, ce jobard, cet imbécile, ce crétin sera prince, et moi, je resterai mendiant jusqu'à la fin de mes jours ? Il faut que je devienne plus riche que lui !
Le jour même, il sort de la ville et se dirige vers la forêt.
Il cherche d'abord la source. Il la trouve.
Il cherche l'Arbre de l'Enfer. Il le trouve aussi.
Alors il se couche sous l'arbre et il attend le soir.

Après minuit sonné, il entend un bruit d'ailes, et il distingue vaguement les diables qui viennent en voletant, de tous les points de l'horizon, pour se percher dans la ramure. Dès qu'ils sont au complet, le chef prend la parole :

— Tout le monde est là, camarades ?

Mais alors on entend une petite voix timide, qui est celle d'un démon subalterne :

— Excuse-moi, camarade, mais, avant de passer à l'ordre du jour, j'aimerais faire une importante communication.

— Parle, camarade, nous t'écoutons !

— Eh bien, voilà : quelqu'un, je ne sais qui, a dû nous écouter, la nuit dernière. Car le mendiant aveugle s'est guéri lui-même avec l'eau de cette source. De plus, il en a emporté dans sa gourde, il a rendu la vue à la fille du roi, puis il l'a épousée ce jour même ! A présent, il est prince, toujours juste, et parfaitement heureux d'être juste !

Cette fois, le diable en chef entre en fureur :

— Mais alors, rugit-il, nous avons tous manqué de vigilance diabolique ! Il faut regarder, avant de parler ! Allez donc voir si quelqu'un nous écoute encore !

Aussitôt les démons s'envolent, tournent autour de l'arbre, plus bas, toujours plus bas, fouillent dans le feuillage, inspectent le branchage, descendent jusqu'au tronc, jusqu'à terre, découvrent le mendiant injuste qui se fait tout petit, fondent sur lui en criant et le déchirent en mille morceaux.

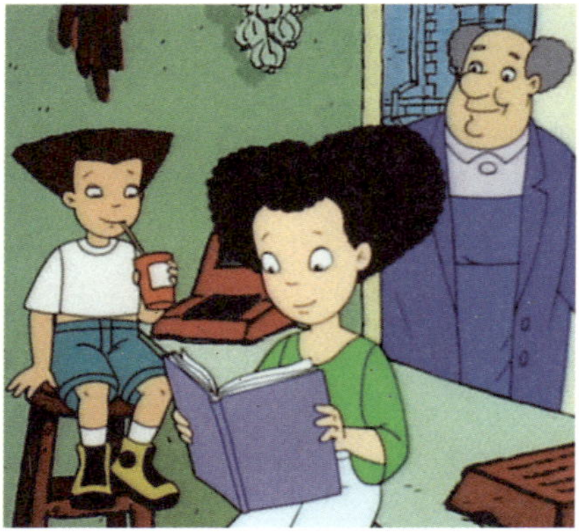

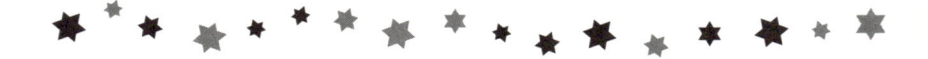

Histoire du bagada

Il était une fois, dans un grand, grand immeuble de la banlieue parisienne, un petit appartement à loyer modéré, bien exposé, bien éclairé, bien propre, mais qui avait le défaut d'être hanté.

Généralement, vous le savez, les habitations hantées sont des hôtels particuliers, des châteaux ou de vieilles maisons. Ici, rien de pareil : l'appartement était tout neuf, et très modeste. Je précise d'ailleurs qu'il n'était pas hanté par un fantôme, comme ça se pratique le plus souvent, mais par un petit démon, ce qui est très différent !

Un fantôme, voyez-vous, ça se répète, ça radote. Ça revient toujours au même endroit, à la même heure et sous la même forme. En outre, s'il est fantôme, c'est justement parce qu'il a des remords, des regrets qui l'empêchent de dormir. C'est ennuyeux, c'est triste... Un petit diable, au contraire, c'est amusant, c'est imprévu, farceur et drôle !

Le nôtre, il faut le dire, n'était pas bien méchant. Tant que le logement était vide, il s'y promenait, chaque nuit, jusqu'au petit jour, sans déranger personne. Lorsque le logement était occupé, il suivait avec attention l'emménagement des nouveaux locataires, puis il restait tranquille pendant deux ou trois semaines afin de bien les étudier pour connaître leurs manières, leurs petites manies, leurs tics, leurs habitudes, et puis crac ! un beau soir, il leur apparaissait, pour leur flanquer une frousse terrible.

Comment s'y prenait-il ? Vous allez voir que c'était très malin ! Au lieu de se casser la tête pour se chercher une forme effrayante, au lieu de se déguiser laborieusement en ceci, en cela, en autre chose, au risque de rater son coup, il se contentait de lire, dans l'esprit des gens, la chose dont ils avaient le plus peur et, tout naturellement, de lui-même et sans y songer, se transformait précisément en cette chose.

Cela peut paraître compliqué, mais si je vous donne quelques exemples, vous allez comprendre aussitôt.

Il y a deux ans, l'appartement a été loué à un homme qui avait fait la guerre. La guerre, vous savez, c'est très laid, on en ramène parfois de bien vilains souvenirs. Il y avait, comme ça, des tas de choses auxquelles notre ancien militaire n'aimait pas trop repenser. Eh bien le diable, devant lui, s'est immédiatement transformé en un squelette casqué, vêtu d'un uniforme boueux... Le lendemain matin, le logement était de nouveaux disponible.

Une autre fois, notre démon avait surgi devant une maîtresse de piano qui avait peur des serpents. Et pourtant, qu'est-ce qu'il y a de plus gentil qu'un serpent ? Sans le moindre effort de sa part, il était devenu un magnifique boa dont la tête sortait du casier à musique. La dame s'était évanouie puis, le lendemain même, était repartie avec ses partitions pour piano, son tabouret à piano et son piano.

Une autre fois encore, il y avait dans l'appartement un petit garçon qui avait peur des sorcières. Entre nous, quel petit imbécile ! D'abord un petit garçon ne doit avoir peur de rien, et puis, peur des sorcières, je vous demande un peu ! C'est tout plein gentil, les sorcières !

Mais enfin c'était comme ça : le gamin avait peur des sorcières. C'est pourquoi, un beau soir, il a vu le démon se pencher sur son lit, sous la forme d'une charmante vieille dame au sourire amoureux, aux yeux bigleux, aux cheveux couleur de feu, avec deux oreilles

moussues, deux lèvres moustachues, plus une splendide verrue au poil dru tout au bout de son nez crochu... Il a fallu, la semaine suivante, que les parents déménagent de nouveau !
Et puis, l'année dernière, voilà que les choses se sont passées d'une tout autre manière ! Une nouvelle famille s'est installée dans les lieux, avec un père, une mère et une petite fille qui s'appelait Josette.

— En quoi vont-ils me transformer, ceux-là ? s'est demandé le petit diable en se frottant les mains.

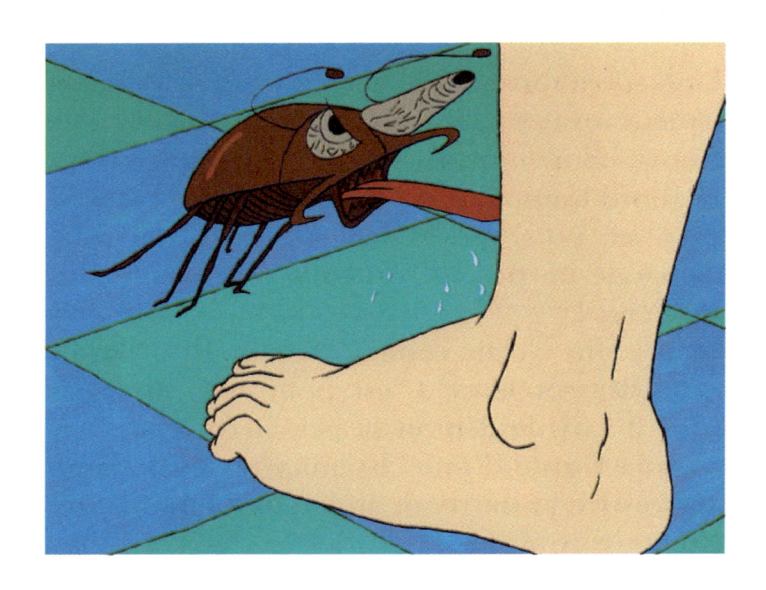

Pendant un mois entier il les a observés, il les a écoutés, suivis et surveillés, mais ça ne lui a rien appris. Alors il s'est dit :
— Je vais essayer la maman d'abord.
Ce soir-là, comme la dame sortait de la salle de bains, crac ! il se dresse devant elle. Elle le regarde, puis elle fait la grimace :
— Tiens ! dit-elle, un cafard ! Il faudra que je pense à acheter de l'insecticide !
Le démon se regarde... C'est vrai : il est devenu cafard ! La dame, apparemment, ne craignait que les insectes, et encore pas beaucoup !
— J'aurai peut-être plus de chance avec le papa, se dit notre jeune diable.
Le lendemain soir, dans le couloir, crac ! il barre la route au père. Celui-ci le regarde, puis fronce les sourcils :
— Qui a laissé tomber cette punaise par terre ? s'écrie-t-il. C'est horriblement dangereux ! La petite peut se piquer le pied !
Lui, s'il a peur de quelque chose, ce n'est pas pour lui-même, c'est pour sa petite fille. Plutôt sympathique, non ?
Mais le diable est furieux. Cette fois, il se pique au jeu et, sans attendre au lendemain, crac ! il fait irruption dans la chambre de Josette et il lui crie tout fort :

— Coucou !

Josette lève les yeux... Ah ! cette fois, ça va mieux ! Elle devient toute pâle, respectueuse et craintive, elle ouvre une grande bouche et elle articule faiblement :

— C'est toi, Petit Jésus ?

Le diable se regarde encore... Zut alors ! C'est trop fort ! Il s'est changé en Petit Jésus !

— Euh... eh bien oui, c'est moi, dit-il, très embêté.
— Oh ! comme je suis contente ! dit la gamine en sautant de joie. Dis-moi, le jour de Noël, c'est bien la semaine prochaine ?
— Euh... oui, sans doute, dit le diable, qui n'en savait rien.
— Alors, veux-tu être gentil ? Apporte-moi un bagada !

— Un quoi ?

— Un bagada, voyons, tu sais bien ? Mes parents disent que ça n'existe pas, mais moi, je veux un bagada !

Le démon voudrait bien dire non, mais ça lui est impossible : c'est la petite fille qui commande, elle fait de lui ce qu'elle veut, il est obligé d'obéir !

— C'est bon, c'est bon, dit-il, et il disparaît.

Là-dessus, une semaine se passe. Inutile de vous dire que le petit diable ne cherche même pas à se procurer un bagada. D'abord il ne sait pas ce que c'est. Deuxièmement, il pense, comme les parents, que ce truc-là n'existe pas. En conséquence il évite de se montrer devant la petite Josette, de peur de se faire encore piéger... Seulement, vous le savez, les démons sont curieux... Quand la nuit de Noël arrive, le nôtre voudrait bien savoir si le Petit Jésus, le vrai bien entendu, va déposer près du sapin quelque chose, un instrument, une bête ou un objet quelconque, susceptible de correspondre à l'idée que Josette se fait d'un bagada... Mais comme le diable n'a pas très envie de se trouver nez à nez avec le fils de Dieu (ils sont brouillés depuis quelque temps), il préfère attendre le jour.

Enfin, le 25 décembre au matin, il se glisse en rampant dans le salon... L'arbre est là, verdissant, avec des tas de choses qui brillent dedans, des tas de beaux cadeaux autour... Mais chacun de ces objets porte un nom bien connu : cela s'appelle crayon, papier, boîte de peinture, livres, poupée, petite maison meublée, album à colorier, perles à enfiler... Rien de tout cela ne peut s'appeler bagada !

Le diable, rassuré, hausse les épaules et va partir, lorsque la porte s'ouvre. Josette, en chemise, entre en courant, suivie de ses parents. Tout de suite, elle se rue sur lui en criant :

— Oh ! Le beau bagada !
Elle prend le démon dans ses bras, le caresse, le cajole, l'embrasse, le bécote... Qu'est-ce que cela veut dire ? Notre diable se regarde... Malédiction ! Il est devenu un bagada ! Un simple bagada !
Mais ne me demandez pas, à moi, ce que c'est qu'un bagada : je serais bien incapable de répondre, n'en ayant jamais vu !
Cependant les parents se mettent à rire :
— Mais tu n'as rien entre les bras ! Le bagada n'existe pas !
— Si ! J'ai un bagada ! un très beau bagada ! répond fermement la petite fille, et elle serre, plus fort encore, le petit diable sur son cœur.
— Allons, si ça te fait plaisir ! disent les parents, pas contrariants, et ils n'insistent plus.
C'est comme ça qu'un petit démon est devenu le jouet d'une petite fille – et, quant à moi, j'espère qu'il le restera ! Au moins, pendant ce temps, il ne fera plus peur aux gens !

Bagada, qu'est-c' que c'est qu' ça ?
Ma maman ne le sait pas,
Encore moins mon papa !
Bagada, tagada, tagadère,
Bagada, bagada, tagada !

Ils croient qu' ça n'existe pas,
Mais moi, mon beau bagada,
Je le tiens entre mes bras !
Bagada, tagada, tagadère,
Bagada, bagada, tagada !

Si nous nous parlons tout bas,
Celui qui écoutera
Rien de rien ne comprendra !
Bagada, tagada, tagadère,
Bagada, bagada, tagada !

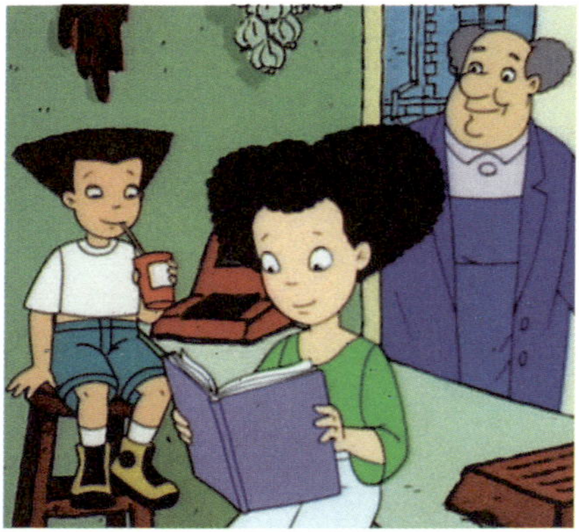

L'eau qui rend invisible

Ceux d'entre vous qui ont lu les *Contes de la Folie Méricourt* se rappellent peut-être qu'il y est question, quelque part, d'une bouteille pas comme les autres, car elle contient de l'eau qui rend invisible. Si ma mémoire est bonne, je crois même que je proposais à mes jeunes lecteurs d'inventer une histoire au sujet de cette eau... Est-ce vrai, oui ou non ?

Or, depuis que ce livre est paru, il s'est bien écoulé une demi-douzaine d'années, mais je n'ai pas reçu de réponse. Alors je me suis dit : tant pis ! Puisque vous êtes si paresseux, je n'ai plus qu'à vous raconter mon histoire à moi... Vous y croirez si vous voulez !

Ce jour-là, c'était en décembre, j'étais en train de taper à la machine, tout seul, dans ma chambre, quand tout à coup j'entends qu'on frappe à ma porte.

Il faut dire que, lorsque j'écris, je n'aime pas trop qu'on me dérange. Alors je crie tout fort :

— Qu'est-ce que c'est ?

Une voix chevrotante me répond :

— Ouvrez-moi, monsieur Pierre ! Je suis la sorcière !

La sorcière ? Chouette alors ! Vite, je vais ouvrir :

— Entrez donc, chère madame ! Asseyez-vous, je vous prie !

— Inutile, qu'elle me dit, je ne fais que passer. Je suis venue seulement pour vous remercier !
— Me remercier de quoi ?
— De toutes les jolies histoires que vous racontez sur moi !
Cette fois, je me demande si elle parle sérieusement.
— Alors, ça ne vous gêne pas que je vous fracasse le crâne ? que je vous transforme en grenouille ? que je vous appelle Miss Mocheté, Miss Laideur, Miss Affreuseté ou Miss Horreur ?

— Mais pas du tout, bien au contraire ! Je trouve ça tout à fait rigolo ! Aussi, pour vous prouver ma reconnaissance, comme c'est bientôt le Nouvel An, je vais vous faire un cadeau ! Dites-moi un peu ce qui vous ferait plaisir !
Moi, là-dessus, je me mets à réfléchir. Il y a des tas de choses qui me feraient plaisir et que je pourrais demander... Mais par laquelle commencer ?
— Allons, je vais vous aider, me dit la sorcière. Avez-vous envie d'être roi ?
— Roi, moi ? Oh non ! Pourquoi ?
— Voulez-vous être dictateur ?
— Encore moins, quelle horreur !
— Désirez-vous devenir ministre ?
— Non, je trouve ça trop triste... Et puis on est trop embêté !
— Alors, peut-être, député ?
— A quoi ça sert, un député ?
— Je ne sais pas, mais ça pourrait vous tenter... Ça vous tente, oui ou non ?
— Franchement, non.
— En ce cas cherchons autre chose. Voyons, voyons... Aimeriez-vous devenir invisible ?
— Non, sans blague, c'est possible ?
— Absolument, si ça vous plaît !
— Alors ça, oui, ça me plairait !

— En ce cas, suivez-moi chez moi !
Et la sorcière m'emmène chez elle. C'est un très bel appartement, tout en haut d'un nouveau bâtiment, mais pas du tout comme ceux des autres locataires ! Au lieu d'une chambre, par exemple, elle a un cimetière ; à la place du

salon, une grande forêt sur une haute montagne avec une lune toute blanche qui brille au-dessus ; en fait de salle à manger elle possède une salle à magie et, en guise de cuisine, un laboratoire d'alchimie avec plein d'alambics, de tuyaux, d'éprouvettes et de fourneaux.

— Voyez-vous cette bouteille, là-bas, sur cette

planche ? me dit-elle. Eh bien, c'est l'eau qui rend invisible !

Moi, je vois bien la planche, là-bas, tout au bout, mais dessus, je ne vois rien du tout !

— Quelle bouteille ? je demande.

Du coup la vieille se met à rire :

— C'est vrai, que je suis bête ! J'oublie que vous ne pouvez pas la voir... C'est que la bouteille aussi est invisible, forcément, puisqu'elle est en contact avec l'eau...

— Mais vous, je lui dis, vous la voyez ?

— Bien sûr, que je la vois ! Parce que, moi, je me suis fait des yeux qui voient l'invisible ! Ne bougez pas, je vais vous la donner !

Elle va jusqu'à la planche et, une fois là, elle fait comme si elle décrochait un morceau d'air.

— Venez ici. Prenez. Surtout ne la laissez pas tomber !

Elle me met dans les mains quelque chose de dur, d'arrondi, de froid et d'assez lourd, qui ressemble à une bouteille de bordeaux.

— Avec une seule goutte de cette eau, vous rendez un objet invisible. Buvez-en une gorgée, vous devenez invisible vous-même... Ah ! et puis j'oubliais : si vous posez cette bouteille quelque part, ayez bien soin de repérer l'endroit ! Sans

ça, vous risqueriez de ne plus la retrouver !
— Merci, madame la sorcière ! Je vous dois quelque chose ?
— Mais rien du tout ! C'est un cadeau ! Adieu !
En disant cela elle fait un geste... Et je me retrouve dehors.
Drôle de cadeau, vous ne trouvez pas ? Quand j'y repense, maintenant, je me dis que tout ça n'était pas innocent... Mais j'avoue que, sur le moment, j'étais drôlement content !
Je repars donc en direction de chez moi. Tout en marchant, pour m'amuser, je me raconte les bonnes surprises que je vais faire à mes amis quand je serai invisible... et puis ensuite, et puis surtout, les méchants tours que je jouerai aux gens que je n'aime pas : je leur cacherai leurs affaires, je les surprendrai quand ils se croiront seuls, je jouerai les esprits, les diables, les fantômes, je les ferai tourner en bourriques, je les rendrai enragés... Hé là, qu'est-ce qui m'arrive ? J'ai bien failli tomber !
Je regarde et je comprends tout : j'ai marché du pied gauche sur le lacet de ma chaussure droite qui s'était défait... Diable ! c'est très dangereux, ça !

Alors je m'accroupis, je pose délicatement la bouteille sur le bord du trottoir et, pour plus de sûreté, je renoue soigneusement les lacets de mes deux chaussures. Cela fait, je me relève et... mais où est donc la bouteille ?

Voyons, ne nous affolons pas. Je l'ai posée par terre à l'instant même. Elle ne peut pas être bien loin... Ici ? Non, elle n'y est pas. De ce côté, peut-être ? Non plus. Peut-être un peu plus à droite ? un peu plus à gauche ? J'avance doucement les mains, je tâte...

Crac ! Un bruit de verre qui se casse !

Je n'ai rien vu, mais j'ai compris : la bouteille est tombée du trottoir et s'est brisée dans le ruisseau. Presque aussitôt je vois comme un grand trou qui s'ouvre dans le macadam : c'est le bord de la chaussée qui devient invisible !

— Eh bien ! Voilà du beau travail !

Je me relève d'un bond... c'est la sorcière ! J'ai grand-peur de me faire engueuler... Mais non ! Elle ne paraît même pas contrariée !

— J'étais sûre que tu ferais cette bêtise ! dit-elle avec satisfaction. Maintenant pousse-toi un peu, veux-tu ?

Je m'écarte. Elle s'accroupit près de moi et commence à fouiller dans le caniveau. Je lui demande timidement :

— Vous pouvez réparer ce que je viens de faire ?

Elle me répond gaiement :

— Je ne peux réparer rien du tout ! J'enlève seulement les morceaux de verre invisible, afin que les enfants qui jouent ne se coupent pas les doigts !

Ça, c'est gentil, de la part de la sorcière, pas vrai ? Mais, pendant qu'elle opère, je m'aperçois que ses mains disparaissent, puis ses bras, puis son corps, puis sa tête, puis elle tout entière ! Je me mets à crier :

— Madame ! Je ne vous vois plus !

— Evidemment, dit-elle, puisque je touche le verre mouillé ! Rentre chez toi, maintenant, inutile de traîner !
C'est le mieux que j'aie à faire, en effet, car le trou, dans la rue, s'est encore agrandi, allongé, élargi et même approfondi. On dirait une tranchée qui se creuse le long du trottoir. Déjà les curieux se rassemblent, se posent des questions, parlent de téléphone, de pompiers, de police... Je me sauve, sans courir pour ne pas attirer l'attention, mais aussi vite que je peux !

70 ★ La suite ? Mais vous la connaissez, la suite. Vous l'avez vécue, comme moi, comme tout le monde… Non ? Vraiment ? En ce cas, c'est que vous n'avez pas de mémoire !

Eh bien, le lendemain, en lisant le journal, j'ai appris qu'il y avait un grand trou dans le boulevard Lustucru, pas très loin de chez moi. Ou plutôt non : pas un vrai trou, puisqu'on pouvait marcher dessus, le sol restait solide... Les gens qui s'y aventuraient avaient la curieuse impression de marcher dans les airs. Certains même n'osaient pas, ça leur flanquait le vertige, car la terre, sur une large surface et jusqu'à une grande profondeur, était devenue transparente. On voyait, tout en bas, de l'argile, des rochers, quelques trésors cachés, des conduites de gaz et d'eau, des câbles électriques, une station de métro...

Et puis, les jours suivants, comme l'eau magique pénétrait toujours plus profond dans le terrain, c'est tout le pâté de maisons qui est devenu invisible. Les pauvres gens qui l'habitaient rentraient chez eux en tâtonnant, la clé en avant, comme des aveugles. En même temps le faux trou s'approfondissait jusqu'aux limites de l'Enfer. Ceux qui avaient de bonnes jumelles, ou encore des longues-vues, pouvaient voir les diables. Mais oui, parfaitement ! J'en ai vu, moi aussi, c'était très, très joli. Je ne sais pas si vous êtes comme moi, mais je suis curieux de voir les diables...

Même au théâtre, au cinéma, chaque fois qu'on passe un film ou qu'on joue une pièce où apparaît le diable, je ne manque pas d'aller le voir !

Et puis l'Enfer aussi est devenu invisible, avec ses habitants, en même temps que le gouffre apparent s'étendait en direction de la Seine. Quelques semaines plus tard, quand on regardait à terre, on voyait un ciel bleu, avec de petits nuages, très loin... Le regard pénétrait jusqu'aux antipodes, c'est-à-dire, pour nous, jusqu'au Pacifique Sud... Un de mes amis, à cette époque, prétendait avoir vu, grâce à son télescope, le trou de balle d'un Canaque, assis sur une plage, quelque part en Nouvelle-Zélande ou ailleurs...

Mais je pense, entre nous, qu'il mentait. Le trou de balle d'un Canaque, je vous demande un peu ! A une telle distance ! D'abord, personne n'a jamais vu un trou, qu'il soit de balle ou d'autre chose, pour la bonne raison qu'un trou, c'est très exactement rien du tout ! On dit qu'il y a un trou quand on voit ce qu'il y a autour, c'est tout.

Enfin l'eau de la Seine est devenue invisible, et les ponts avaient l'air de flotter dans l'espace. Paris a disparu, sauf la butte Montmartre avec le Sacré-Cœur, qui est resté quelque temps suspendu en l'air comme une mosquée de rêve...

Quand la nappe phréatique, c'est-à-dire toute l'eau souterraine, s'est trouvée contaminée, alors les gens qui buvaient de l'eau, c'est-à-dire presque tout le monde, ont cessé de se voir les uns les autres. Quelques ivrognes seuls sont restés apparents, mais cela ne pouvait pas durer car la vigne, elle aussi, tire son jus de la terre... Dès l'automne suivant, le beaujolais nouveau était invisible, et ceux qui le dégustaient le devenaient aussi !

Bref, au bout de quelques mois l'on ne voyait plus rien, pas même la tour Eiffel, pas même le Mont-Blanc, car les pluies et les neiges, qui ne sont après tout que de l'eau évaporée, condensée, puis précipitée, les avaient effacés.

On ne voyait plus, le jour, que le soleil, sans le moindre nuage. Et la nuit, toujours claire, on voyait seulement la lune et les étoiles. Depuis longtemps, sur tout le globe, les gens ne sortaient plus de chez eux, tant ils craignaient de se perdre en s'éloignant de leur domicile. Plus de travail, plus de transports, plus de ravitaillement... L'humanité allait mourir de faim, de misère et d'immobilité !

J'étais très contrarié, parce que je savais que c'était ma faute. Mais heureusement personne, à part moi, ne le savait, sauf la sorcière bien entendu, ce qui atténuait mes remords... C'est une chose triste à dire, mais il faut bien l'avouer : les remords, le plus souvent, ce n'est pas autre chose que la peur de l'opinion du voisin !

Heureusement, la sorcière a eu pitié de nous. Un beau jour, en décembre (mais pas de la même année qu'au début de cette histoire), comme j'étais assis, invisible, sur une chaise invisible, dans ma chambre invisible, en train d'écrire un conte invisible sur du papier invisible au moyen d'une machine à écrire invisible, j'ai entendu près de moi une petite voix chevrotante et narquoise :

— Eh bien, cher monsieur Pierre ! Vous faites une drôle de tête ! Si vous pouviez vous voir !

J'ai sursauté :

— C'est vous, madame la sorcière ?

— Eh oui, c'est moi ! Il faut que je sois une bonne diablesse, au fond, car vous me faites de la peine, tous autant que vous êtes... Et je vois bien que, si je ne m'en mêle pas, il n'y aura plus un homme en vie d'ici quelques semaines ! Allons, donne-moi ta main !

J'ai tendu ma main droite en direction de la voix. J'ai touché aussitôt quelque chose de dur, de cylindrique, de frais, de rigide.
— C'est encore une bouteille ?
— Oui, mais cette fois c'est l'eau qui fait voir l'invisible ! Bois-en une gorgée. Une seule, cela suffit !
Cela suffisait, en effet. J'avais à peine bu que je voyais tout de suite ma chambre, la sorcière, moi-même et, par la fenêtre, Paris qui sommeillait.
— Oh ! mille mercis, madame la sorcière !

Pouvez-vous me laisser cette bouteille, que j'en fasse boire à mes amis ?
Mais la vieille dame a protesté :
— Te la confier à toi ? Pour que tu me la casses encore ? Pas question ! J'irai moi-même faire boire tout le monde ! Rends-moi cette fiole et adieu !
Et elle a disparu.
J'étais un peu vexé, mais j'ai dû reconnaître qu'elle n'avait pas tort. Et puis je ne pouvais pas me mettre à parcourir la terre entière pour faire boire une gorgée d'eau à tous ses habitants... Elle, c'est ce qu'elle a fait ! Je ne sais pas comment, mais elle y est arrivée ! Elle a fait boire les hommes, les femmes, les enfants, puis tous les animaux : les chats, les chiens, les chevaux, les petits oiseaux, et puis les bêtes sauvages, les araignées, les tigres, les ours blancs, les insectes... Elle a visité comme ça toute la planète ! En moins d'un mois, c'était fini !
Depuis ce temps-là, mes chers amis, nous voyons l'invisible. Je dis bien : l'invisible, c'est-à-dire, non seulement nous-mêmes et le vaste monde, mais encore beaucoup, beaucoup de choses !
Même que mon ami... Vous savez, mon ami, celui dont je vous ai parlé, qui prétendait

avoir vu le trou de balle du Canaque... Il prétend maintenant, mon ami, que s'il regarde le ciel avec une longue-vue, parfois même à l'œil nu, il voit distinctement les anges, le Seigneur Jésus, la Sainte Vierge et le Bon Dieu, qui lui sourient d'un air affectueux...

Mais je me demande, cette fois encore, s'il dit la vérité. J'ai beau regarder en l'air, écarquiller les yeux, je ne vois rien de pareil, même au plus haut des cieux...

Qu'en pensez-vous ? Je devrais peut-être consulter un oculiste ?

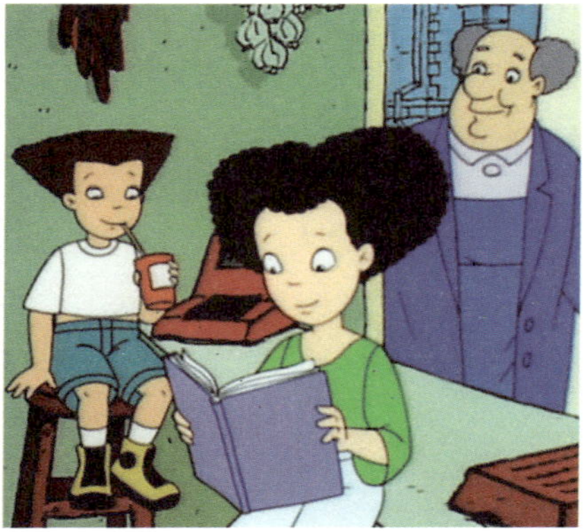

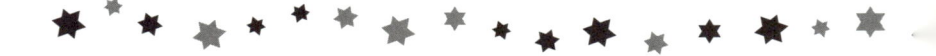

Pouic et la merlette

Dans ma rue, il y a une école. Dans cette école il y a plusieurs élèves, parmi lesquels mon ami Pouic, qui vient d'avoir dix ans. Il y a aussi une institutrice, une institutrice pas comme les autres, car elle est un peu fée... Mais ça, je ne l'ai pas su tout de suite.
Mon ami Pouic, je le voyais passer, tous les jours ou presque, sur le trottoir, avec ses livres sous le bras. Nous avions même pris l'habitude de nous saluer, de nous dire quelques mots... Ça n'allait pas plus loin, mais c'était gentil !
Et puis voilà que je ne l'ai plus vu. Un jour, deux jours, trois jours, toute une semaine, plus de Pouic !
J'ai cru qu'il était parti en classe de neige, ou en classe de soleil, ou en classe de pluie, ou en classe de tempête, de raz de marée, d'éruption volcanique, de tremblement de terre... et j'ai attendu qu'il revienne.
Et puis, le dimanche suivant, comme j'étais à ma table, devant ma fenêtre ouverte, en train de taper à la machine une histoire de diable ou de sorcière, voilà qu'un merle est entré dans ma chambre, un joli merle, ma foi, d'un beau noir, distingué, avec un bec d'un jaune bien franc. Il s'est posé sur mon bloc de papier,

m'a regardé de côté, et il a fait :
— Tuit !
Les oiseaux de Paris ne sont pas timides. Mais tout de même c'était la première fois que j'en voyais un dans ma chambre. Je lui ai dit en riant :
— Eh bien, dis donc, tu n'as pas peur !

— Tuit ! qu'il a répondu.
— Et qu'est-ce que tu veux ?
— Tuit !
— Tu as faim, peut-être ?
— Tuit !
— Tuit oui ou tuit non ?
— Tuit !
— C'est bien, nous allons voir !

J'ai émietté une petite tranche de pain sur une feuille de papier, et je la lui ai offerte. Il a tout becqueté en une minute à peine. Après cela il a dit encore une fois : " Tuit ! ", et il s'est envolé. Je m'attendais à le revoir, mais il n'a plus reparu. En revanche, le lundi d'après, j'ai de nouveau rencontré Pouic.

— Eh bien, Pouic, où étais-tu donc ? En voyage ? En vacances ?
— Non, je n'ai pas quitté Paris...
— Comment se fait-il qu'on ne te voyait plus, alors ?
— Toi, pourtant, tu m'as vu ! A ce propos, je te dois des remerciements !
— Pourquoi ça, des remerciements ?
— Pour la tranche de pain de dimanche dernier !
— Non ! Pas possible ! C'était toi, le merle ?
— Oui, c'était moi, le merle ! J'ai essayé de te le dire, mais tu n'as pas compris !

— Tu as essayé comment ?
— Eh bien je t'ai dit : " Pouic ! Pouic ! Pouic ! "
— Ah ! Je te demande bien pardon ! Tu ne m'as pas dit ça ! Tu m'as dit : " Tuit ! Tuit ! Tuit ! " Ce n'est pas pareil !
— Si tu crois que c'est facile de dire : " Pouic " avec un bec de merle ! Enfin, maintenant, c'est fini !
— Mais dis-moi : comment as-tu fait pour te transformer en merle ?
— Oh ! C'est toute une histoire !
— Toute une histoire, vraiment ? Raconte !
— Mais tu ne le diras à personne ?
— Je le dirai à tout le monde, au contraire ! Et même je l'écrirai !
— Dans un livre ?
— Dans un livre !
— Avec mon nom et tous les détails ?
— Avec ton nom et tous les détails !
— Bon. Dans ce cas, c'est d'accord !
Et voici ce que m'a raconté mon ami Pouic :
Il y a quinze jours, quand j'étais petit (mon ami Pouic est persuadé d'avoir beaucoup grandi depuis la semaine dernière), quand j'étais petit, j'étais bête, bête, bête ! Je ne voulais pas travailler.

Bien sûr, il arrive à tout le monde de ne pas être en train, de ne pas avoir le cœur au boulot… Mais moi, ce n'était pas une question d'humeur : je ne voulais pas travailler du tout : ni aujourd'hui, ni demain, ni plus tard ! Bien sûr, la maîtresse, à l'école, nous disait que le travail est nécessaire, que si personne ne travaillait nous n'aurions pas de quoi manger, ni de quoi nous chausser, ni de quoi nous habiller, ni bonbons, ni jouets, ni télévision, ni cinéma, ni pistolets, ni mitrailleuses, ni bombes, ni automobiles, ni patins à roulettes, ni rien du tout en somme… Mais moi, je n'étais pas convaincu.

A la rigueur, je voulais bien que les autres travaillent, pourquoi pas ? Si c'était leur envie… Mais, pour ma part, j'étais bien décidé à ne jamais rien faire.

Alors, un jour, en classe, c'était le lundi matin de la semaine dernière, comme la maîtresse nous encourageait à parler pour lui expliquer ce que nous pensions de l'école, moi, je me suis levé et j'ai dit :

— Mademoiselle, je voudrais contester.

— Tu voudrais contester, vraiment ? qu'elle a répondu. Et quoi donc ?

— L'école.

— Et quoi donc, dans l'école ?
— Tout.
— Vraiment tout ?
— Absolument tout !
— C'est bon, je t'écoute.
Ce n'était pas facile à dire. Mais je crois que je m'en suis bien tiré.

— Eh bien voilà, j'ai dit. Moi, d'abord, je trouve que l'école, ça ne devrait pas exister. Pour apprendre ce qu'il faut, on ferait mieux de se promener dehors, chacun pour soi, librement. On apprendrait à lire avec les écriteaux, les plaques du métro, les affiches… Ecrire, ça ne sert à rien, puisqu'il y a des machines pour ça… Compter non plus, puisqu'il y a des ordinateurs… Quant à l'histoire, qu'est-ce que ça peut nous faire, ce que les gens ont fait avant nous ? C'est du passé, n'en parlons plus… Et quant à la géographie, c'est inutile aussi. S'il y a la guerre dans un pays, la télévision nous dit tout ce qu'il faut savoir sur ce pays et ses habitants. Et les pays sans guerre ne sont pas intéressants. Moi, je trouve que l'école ça ne sert qu'à s'ennuyer.

La maîtresse m'écoutait, bien sagement, sans m'interrompre. Quand elle a vu que j'avais fini, elle a répliqué :

— Oui, mais toi, qu'est-ce que tu feras, plus tard ?
— Rien.
— Il faudra bien que tu apprennes un métier...
— Pour quoi faire, un métier ?
— Pour gagner ta vie !
— Il n'y a pas besoin de travailler, pour vivre...

— Dans notre société, si.
— Alors, il faut changer la société. Regardez les oiseaux dans la cour : ils n'ont pas d'argent, pas de métier, pas de boutiques, et ils vivent bien quand même... Ils ne font que chanter toute la journée !
— Tu en es sûr ?
— Il suffit de les voir !
— Ça t'intéresserait donc, de mener une vie d'oiseau ?
— Pourquoi pas ? Ils sont bien heureux !
— Sais-tu que c'est possible ?
— Possible, vous croyez ?
La maîtresse, à ce moment-là, elle me regardait drôlement. Non pas comme quelqu'un qui discute, qui veut avoir raison, mais au contraire comme quelqu'un qui apprend quelque chose. Elle m'a répondu :
— Je peux te changer en oiseau, disons, pour une semaine, par exemple. Comme ça, tu verrais par toi-même à quoi ressemble cette vie. Et puis tu reviendrais pour tout nous raconter...
— Vraiment, Mademoiselle ?
— Vraiment. Tu es d'accord ?
— Moi, oui. Si maman veut bien...
— En ce cas, dis à ta maman que je passerai la voir ce soir.

Le soir même, en effet, la maîtresse est venue à la maison, elle a parlé avec ma mère, et ma mère lui a permis de me transformer en merle, mais pour huit jours seulement.

Le lendemain, en classe, la maîtresse nous a dit :

— Aujourd'hui, les enfants, nous allons faire une expérience. Notre ami Pouic, ici présent, ne veut pas travailler : ni maintenant, ni plus tard, ni jamais. Mais, comme il est volontaire pour nous faire un exposé sur les conditions de vie des merles, je vais le transformer en merle. La semaine prochaine, il reviendra, il nous donnera ses impressions et... et nous verrons alors s'il ne préfère pas devenir un homme et travailler comme tout le monde... A présent, Pouic, viens au tableau et n'aie pas peur.

En fait, j'avais un petit peu peur... Mais j'en avais trop dit, et je ne pouvais plus me dégonfler devant les camarades... Je suis donc allé au tableau, la maîtresse a prononcé quelques paroles en latin, en chinois ou en hébreu, je ne connais pas la différence... Et tout à coup je me suis vu tout petit, sautillant et léger, avec un beau bec jaune que je pouvais voir en louchant un peu : j'étais transformé en merle.

Alors j'ai fait : " Tuit ! " et je me suis envolé par la fenêtre ouverte.
C'était très agréable. Je n'avais jamais appris, mais je savais voler. Je montais, je descendais, je virais sur l'aile et je n'avais même pas le vertige ! J'ai fait comme ça plusieurs tours devant les fenêtres de la classe pour épater les

copains, et puis, comme je n'avais pas envie de rester dans la cour de l'école (je l'avais assez vue !), j'ai pris de la hauteur, je suis passé par-dessus le toit et j'ai gagné le jardin public.
Pendant toute la matinée je n'ai fait que voler, siffloter, sautiller, visiter les plates-bandes, les gazons, les massifs de fleurs... Au début de l'après-midi, comme j'avais faim, je me suis rappelé qu'à cette heure-là un vieux monsieur vient, tous les jours, en sortant du restaurant, pour émietter le reste de son pain à l'intention des oiseaux du square.

Il est venu, comme d'habitude. Dès qu'ils l'ont aperçu, tous les pigeons, tous les moineaux sont accourus pour l'entourer. Il a commencé à jeter des miettes, et voilà que, tout à coup, il m'a aperçu :

— Tiens ! Voilà un nouveau ! Approche-toi ici, mon petit bonhomme !

Et il en a lancé dans ma direction. Mais ce n'était pas une mince affaire que de les attraper ! Ces voyous de moineaux m'en volaient la moitié, et les pigeons me menaçaient du bec pour me faire partir. Est-ce que ça devrait exister, les moineaux, je vous le demande ? Et les pigeons, ces sales bêtes ! On devrait tous les manger !

Enfin, pour cette fois, grâce à mon adresse, à ma vivacité et surtout à la bonne volonté du vieux monsieur, j'ai pu me nourrir convenablement. J'ai passé le reste de la journée à me promener, à regarder les enfants jouer avec le sable, à picorer de-ci, de-là quelques miettes oubliées. Le soir venu, je me suis perché sur une gouttière et je me suis endormi.

Et puis, le lendemain, je l'ai rencontrée, elle. C'était une merlette grise, d'un gris charmant, simple, rayé, modeste. Elle était perchée sur une branche de platane et s'arrangeait, du bec, les plumes du jabot, avec tant de grâce et de distinction que j'en suis tombé amoureux. Je me suis posé près d'elle et je lui ai demandé :

— Vous êtes seule, Mademoiselle ?
— Pardon, Monsieur, c'est à moi que vous parlez ?
J'ai compris aussitôt que j'avais affaire à une grande dame et j'ai changé de ton :

— Chère Demoiselle, ai-je dit, excusez-moi si je vous importune, mais à vous voir ainsi, mélancolique et solitaire, il m'est venu à l'esprit qu'il ne vous déplairait peut-être pas d'avoir un compagnon bien élevé, respectueux, qui vous aime, vous adore... J'ai été à l'école, vous savez, je sais lire les affiches, les enseignes et même les étiquettes des marchands de légumes. Et je n'ai pas pu vous voir sans que toutes les passions de l'amour...

Et ainsi de suite. Tout ça en langage merle, bien entendu, qui est un langage fort galant, comme vous pouvez vous en rendre compte. Elle, cependant, me regardait, des pieds à la tête, d'un petit air connaisseur et critique, avec un sang-froid remarquable. Enfin elle m'a répondu :

— Eh bien, mais c'est à voir... Nous pourrions nous choisir un arbre et nicher ensemble. Qu'en dites-vous ?

— Tout ce que tu veux, ma chérie, ai-je dit (cette fois je me sentais en droit de la tutoyer), tout ce que tu veux pourvu que je sois à tes côtés, que je te contemple, que je t'admire...

— Alors, viens, m'a-t-elle dit en me tutoyant à son tour.

Et nous avons cherché un arbre. Cela n'a l'air

de rien, de se chercher un arbre, comme ça, pour se mettre en ménage, mais en réalité c'est toute une entreprise ! Nous avons fait plus de la moitié du boulevard, en partant du jardin public, avant de trouver notre affaire. Chaque fois que nous nous approchions d'un marronnier, un oiseau nous chassait :

— Occupé ! Réservé ! Il n'y a plus de place ici ! Les arbres étaient pourtant bien assez grands pour contenir deux nids, même plus ! Mais chacun voulait le sien pour lui tout seul !

Enfin j'ai aperçu un arbre inoccupé. J'ai foncé dedans à toute vitesse, mais j'étais à peine perché qu'un autre merle m'attaquait, me jetant presque à bas de ma branche :

— C'est à moi ! C'est à moi !

— Pas du tout, ai-je dit, je suis arrivé le premier !

— Oui, mais c'est mon arbre ! Je l'ai vu avant toi !

— Menteur ! a dit ma merlette. Si vous l'aviez vu avant nous, vous y seriez venu aussitôt ! Vous n'avez rien vu du tout !

— Non, mais regardez-la, celle-là ! s'est écriée une autre merlette (qui était évidemment la copine de l'autre merle). Tu ferais mieux de te taire, espèce de mésange, de rouge-gorge, de pigeonne, de...

— Moi, pigeonne ? Répète-le !
— Oui, parfaitement ! Pigeonne, pigeonne, pigeonne !
— Tu ne vas pas me laisser insulter comme ça, j'espère ? m'a dit ma merlette en tremblant de colère. D'abord, cet arbre est à nous ! Pour commencer, tu vas fiche une bonne tripotée à son merle, pendant que je m'occupe d'elle, et nous allons les chasser d'ici !

J'avoue que, pour ma part, je n'avais pas très envie de me bagarrer... Je me suis approché de l'autre merle, mais lui, à ce moment-là, s'est mis à battre des ailes, le cou tendu, le bec ouvert, en criant :

— Viens ici que je te crève les yeux !

Moi, quand j'ai vu cela, j'ai dit à ma merlette :

— C'est une brute, un grossier personnage. Allons-nous-en.

Et je l'ai emmenée. Elle m'a suivi à regret, pendant que les deux autres riaient méchamment... Par bonheur, le marronnier d'après était disponible. A vrai dire, il n'était pas aussi beau que le précédent, et son feuillage était moins dense. Mais là, du moins, personne ne nous disputait la place ! Ma merlette l'a longtemps inspecté, en soupirant un peu, puis elle s'est assise sur une fourche, au croisement de deux branches, et elle m'a dit d'un ton boudeur :

— Eh bien, tant pis ! On tâchera de faire avec... Maintenant, va me chercher des brindilles !

— Des brindilles ?

— Eh bien, oui, des brindilles ! Tu ne crois pas que le nid va se faire tout seul ? Et des plumes de pigeon, aussi, et des brins de laine si tu en trouves... Enfin, tout ce qui peut faire un nid !

J'ai demandé, pas très convaincu :

— Est-ce que ça presse tellement ?

— Si ça presse ? Mais je dois pondre, moi ! Et couver, ensuite ! Et nourrir les petits quand ils seront éclos !

— Mais moi, ai-je dit, je t'aime ! Restons un peu ensemble, veux-tu ? Nous nous sommes à peine parlé ! Je ne t'ai pas encore expliqué mon amour !

Mais la merlette n'écoutait plus :

— Tu m'aimes ? Eh bien, c'est parfait ! En ce cas, fais ce que je te dis et va me chercher des brindilles ! Et alors, qu'est-ce que tu attends ? Allez, ouste !

Il m'a fallu obéir ! J'ai cru d'abord que j'en serais quitte en lui ramenant deux ou trois branchettes et en lui laissant faire le reste, mais elle ne l'entendait pas ainsi ! A peine revenu avec un bout de bois, un duvet ou un morceau d'étoffe, il me fallait repartir aussitôt pour en chercher d'autres ! Et à chaque fois c'étaient des critiques :

— Ah ! Enfin ! C'est maintenant que tu reviens ? Mais, mon pauvre ami, pendant que tu fais un voyage, moi j'en fais dix ! Non, mais regarde-moi ça ! Qu'est-ce que tu veux que je fasse d'un rogaton pareil ? Tu n'as vraiment aucun sens des réalités ! Allons, pose-le là et tâche de trouver mieux. Et plus vite, s'il te plaît !

Ça a duré deux jours, pendant lesquels nous avons construit le nid. Une fois le nid construit, la merlette a pondu, puis s'est mise à couver. Alors il m'a fallu la nourrir, et elle n'avait jamais assez ! Je n'avais plus une minute à moi, la journée se passait en allées et venues... Et quand je faisais mine de rechigner, elle me disait :

— Tu fais la tête, maintenant ? Dis-toi bien que tu n'as rien vu ! Quand les petits naîtront, ils seront plus voraces que moi ! Nous ne serons pas trop de deux pour leur donner la becquée !

A la fin, j'en ai eu assez. J'ai voulu changer de merlette, en trouver une plus douce, plus accommodante, plus tendre, moins autoritaire... Un matin, dans le square, comme je picorais

dans un massif de géraniums, j'ai entendu, près de moi, une petite voix qui me suppliait :
— Pardon, Monsieur, vous ne pourriez pas m'offrir un petit ver ?
J'ai d'abord mal compris. J'ai demandé :
— Un petit verre de quoi ?
— Un petit ver de terre, s'il vous plaît. J'ai si faim, je me sens si seule... Aucun merle mâle n'a voulu de moi...
C'était une merlette, pas très belle à vrai dire, et même franchement laide... Mais j'ai pensé que, pour cette raison même, elle serait douce et conciliante, puisqu'elle craignait la solitude... Je lui ai donc offert quelques insectes, et nous avons parlé. Elle m'écoutait avec une complaisance inlassable pendant que je lui racontais mon histoire, en me plaignant amèrement du régime de travaux forcés auquel ma compagne m'avait condamné. Elle soupirait, compatissait, me consolait :
— Je vous comprends... Vous êtes un grand sensible... Elle n'a pas su vous prendre, vous apprécier... Comme vous avez dû souffrir !
Cette fois, j'étais comblé. J'avais trouvé l'âme sœur, une petite oiselle aimante, un peu disgraciée, mais d'autant plus délicate. Au bout de vingt minutes, je lui ai dit :

— Cherchons-nous un arbre et mettons-nous en ménage.
La recherche a été difficile, plus difficile encore que la première fois. Nous avons trouvé, pour finir, un platane un peu déplumé… Une fois installés, j'ai voulu dire à ma nouvelle merlette quelques mots tendres, je me suis approché d'elle :
— Ma chérie…

Mais elle m'a immédiatement coupé la parole :
— Bon. Maintenant, finie la fleurette ! Va me chercher des brindilles !

Comme l'autre, exactement comme l'autre ! Cette fois, j'ai tout de suite compris et j'ai filé sans demander mon reste, pour aller retrouver celle que j'avais quittée.

— Au moins, je me disais, celle-là était jolie ! Je reviens donc au boulevard, avec une belle mouche au bec pour me faire pardonner… J'aperçois le marronnier, ma chère petite compagne assise sur ses œufs, je vole, je vole, j'arrive, je me pose, mais voici qu'un autre merle se dresse devant moi :

— Hé là ! Où vas-tu, toi ? C'est occupé, ici !

— Ben je le sais bien, puisque c'est chez moi !

— Pas du tout, c'est chez moi !

— Mais enfin quoi, c'est ma merlette ! Nous sommes venus ensemble…

— Ce n'est plus ta merlette, c'est la mienne ! Fiche-moi le camp d'ici !

— Comment ! Ça, c'est trop fort !

— Tu ne veux pas fiche le camp ?

C'est qu'il était plus costaud que moi, l'animal ! Et plus méchant, aussi ! J'ai essayé de discuter :

— Mais enfin, Monsieur, j'étais là avant vous…

— Possible, mais maintenant j'y suis !

— Ce n'est pas juste, je vous assure… Je me plaindrai !

— Tu te plaindras à qui, pauvre imbécile ?
— Je ne sais pas, mais je me plaindrai !
— Eh bien, c'est ça, plains-toi ! En attendant, dehors ! Et donne-moi ta mouche !
En disant ces mots, le brutal m'arrache la mouche du bec et me pousse dans le vide. Le plus vexant, c'est que la merlette, qui nous voyait très bien et nous entendait de même, restait là sans rien dire, comme si cette affaire-là ne la concernait pas. J'ai tout de suite pensé :

— Il faut que je m'explique avec elle.
Je me suis éloigné, j'ai attendu que mon rival s'envole pour aller, lui aussi, chercher des insectes, et j'en ai profité pour revenir au nid. Immédiatement, j'ai attaqué :
— Alors ? C'est comme ça que tu me défends ?
— Et pourquoi je te défendrais ? m'a dit la merlette.
— Enfin quoi, je suis ton compagnon, tu me l'as dit toi-même ! Nous nous sommes installés ensemble sur cet arbre, c'est mon arbre, c'est ton arbre, c'est notre arbre, tu ne te souviens pas ?
Elle m'a répondu tranquillement :
— Eh bien, si c'est ton arbre, défends-le.
— Et toi ? Tu es à moi, tu le sais bien !
— Si je suis à toi, défends-moi !
— Alors, comme ça, tu acceptes d'appartenir à un autre ?
La merlette, cette fois, m'a regardé bien en face :
— Ecoute, mon petit ami : une fois pour toutes, j'appartiens à celui qui est capable de nourrir et de protéger ma couvée. Si tu es trop faible, ou trop lâche, pour défendre ton nid contre un autre merle, alors comment feras-tu pour le défendre contre un corbeau ? contre

un chat ? contre un homme ? Moi, j'ai besoin d'un compagnon costaud, actif, débrouillard, courageux, travailleur, responsable ! Je n'ai rien à faire d'un fainéant ni d'une mauviette !

J'ai encore essayé de discuter... mais c'était inutile. Au bout de cinq minutes, comme mon rival revenait, j'ai dû m'enfuir à toute vitesse. Pendant toute la fin de la semaine, j'ai mené la triste vie du merle célibataire. Bien sûr, tu me diras, je pouvais toujours dormir sous un toit et me nourrir d'insectes, sans compter le vieux monsieur du square... Mais les autres oiseaux, qui avaient appris toute l'histoire, me persécutaient sans relâche : car il n'y a pas plus cancanier, plus méprisant ni plus moqueur que l'oiseau parisien... Ils me volaient ma nourriture, me l'enlevaient sous le nez, allaient même jusqu'à se mettre à plusieurs pour me l'arracher du bec... Et quand le vieux monsieur venait, ils m'empêchaient de m'approcher de lui !

C'est alors que j'ai eu vraiment faim, et c'est pourquoi je n'ai pas hésité, dimanche dernier, à venir picorer du pain sur ta table...

Inutile de te dire que, le lundi matin, j'attendais avec impatience l'ouverture de l'école, en me disant :

— Pourvu que les professeurs ne soient pas en grève !

Sitôt que j'ai vu la maîtresse, je me suis perché sur son épaule. Elle a tout de suite compris :

— Tiens ! qu'elle a fait. C'est notre ami Pouic !

Elle m'a fait entrer avec les copains dans la classe. Une fois tout le monde assis, je me suis posé devant le tableau, elle a récité son chinois à l'envers, et j'ai repris ma forme humaine... Le matin même, j'ai fait mon exposé devant les camarades, j'ai raconté toute mon histoire... J'avais peur qu'ils se moquent de moi, mais non : ils comprenaient très bien que c'était une affaire sérieuse, et même ils m'enviaient un peu, bien que je n'aie pas toujours eu le beau rôle... Finalement je leur ai dit, ce qui est la vérité, qu'il est moins difficile de faire un bon écolier qu'un bon merle, et que je suis bien content d'être un petit d'homme, même si je dois plus tard travailler pour vivre !

La maîtresse a été très chic. Elle n'a pas cherché à me rendre ridicule ni à faire de la bête morale. Elle m'a laissé dire jusqu'au bout et ensuite nous avons fait du calcul. C'est drôlement intéressant, le calcul, si on y fait un peu attention !

Voilà l'histoire de Pouic, telle qu'il me l'a racontée. Je ne veux pas être plus bête que la maîtresse, et je n'y ajouterai ni réflexions ni commentaires…

La sorcière et le commissaire
★ page 7

Le juste et l'injuste
(conte russe)
★ page 27

Histoire du bagada
★ page 45

L'eau qui rend invisible
★ page 59

Pouic et la merlette
★ page 79

Dans la même collection

✪

Contes de la rue Broca

La sorcière du placard aux balais
et autres contes

Le géant aux chaussettes rouges
et autres contes

La fée du robinet
et autres contes

Contes de la Folie Méricourt

Le marchand de fessées
et autres contes

Le diable aux cheveux blancs
et autres contes

✪

Première édition, dépôt légal : avril 1997
Nouveau tirage, dépôt légal : mai 2009
N° d'édition : 15.727
Photogravure : Objectif 21 - Impression et brochage : Pollina n° L50367
Conception et réalisation maquette : Joëlle Leblond
Imprimé en France

Les "Contes de la rue Broca"
et
Les "Contes de la Folie Méricourt"
sont édités en cassettes vidéo
et en DVD

3 vidéo Juniors